KB176414

푸른사상
시선

115

가로수의 수학 시간

오새미 시집

푸른사상
PRUNSASANG

푸른사상 시선 115

가로수의 수학 시간

인쇄 · 2019년 11월 30일 | 발행 · 2019년 12월 5일

지은이 · 오새미
펴낸이 · 한봉숙
펴낸곳 · 푸른사상사

주간 · 맹문재 | 편집 · 지순이, 김수란 | 마케팅 · 김두천
등록 · 1999년 7월 8일 제2-2876호
주소 · 경기도 파주시 회동길 337-16(서패동 470-6) 푸른사상사
대표전화 · 031) 955-9111(2) | 팩시밀리 · 031) 955-9114
이메일 · prun21c@hanmail.net
홈페이지 · http://www.prun21c.com

ⓒ 오새미, 2019

ISBN 979-11-308-1484-1   03810
값 9,000원

푸른사상 시선 115

가로수의 수학 시간

연두색 크레파스를 꼭 쥔 아이가

숲과 하늘과 바다를 그리고
도시와 사람과 세상을 그렸다

좀 더 진하게 꼭꼭 눌러가며
가족의 얼굴과 마음도 그렸다

교감, 교장 선생님보다
시인으로 불리고 싶었던 아이
그 손에 이제는
초록색 크레파스를 쥐여준다

2019년 11월
오새미

| 차례 |

■ 시인의 말

제1부

제2부

제4부

제1부

명함

들풀도 자신을 알리려고
꽃을 피우는 전략을 세운다
꽃들은 다 명함
이른 아침 이슬 묻은 난초꽃
가시가 있어 가까이 가지 못했던 장미
명함 덕분에 대화를 나눈다
외로운 산속에서 피어나는
이름 모를 풀들의 명함은
낮에는 해를 밤에는 달과 별들을
특별한 약력으로 기록한다
백두대간 그늘진 곳에 자라는 산죽 틈에서
봐달라고 내미는 연보라 모싯대꽃도
비바람을 뚫고 기어이
명함 한 장 내민다
명함으로 얼굴을 익히는 세상
동그란 꽃들이 빛날 때
바람의 수첩에 명함이 수집된다

비의 서체

먹구름을 가는가 싶더니

우레가 치며 세차게 쏟아지는 빗줄기

초록 새순들이 빗물을 찍어

또박또박 정자체로

들판에 글씨를 써내려간다

선과 모양과 짜임새가 중요한데

구름의 감정이 관건이다

비바람을 닮은 서체

처마 안쪽에도 글을 쓰고

우산을 쓰고 가는 사람들의 옷자락에도

맑은 수묵화를 그린다

소나기로 한바탕 흘려 쓴 초서체는

풀들을 춤추게 하고

언덕을 휘달려 내려간다

부드럽게 갈아진 먹구름

곱고 운치 있게 써내려가는

비의 서체가 매끄럽다

가로수의 수학 시간

잎새 사이 보이는 하늘이 풀리지 않는다
세로로 자라는 가로수에 맞게
그림자는 가로로 누워 눈금을 그린다

나무와 그림자는 어떤 관계일까
모든 것을 서서 보는 가로수
그림자를 통해 짚어가는 세상

왜소한 인간들의 막대그래프가
들쭉날쭉 부풀어 오른다

잎사귀가 품고 있는 허공
솟구치는 땅에서 받는 기운
바닥에 발을 딛고
머리를 하늘에 두면서 문제를 푼다

새를 품은 우듬지의 떨림은
끝이 어딘지 가늠할 수 없어

도시의 매연 속 은행나무
눈짓만으로 다닥다닥 함수를 풀어간다
햇빛에 투영된 이자는
언제나 곱하기 100이다

자동차 너울거리고 사람들 파도칠 때
가로 세상을 꿈꾸는 떼구름
아랑곳하지 않고
세로로 올라가는 건물들

가로수가 보여주는 저울의 좌표는
그림자를 늘렸다 거뒀다 반복하며
도시의 현재를 계산한다

가슴엔 징검다리

말없이 가슴에 놓여 있는 단추
목에서 아랫도리까지
징검다리 건너가는 날들

한 줄로 놓여 있는 바윗돌
천둥 번개 요란해도 묵묵히 건너간다

짚기 좋게 만든
넓적한 징검다리 지나면
숲속에 새소리 울리고
골짜기에선 물소리 들린다

고단했던 하루
잠겼던 단추를 풀면서
내일은 또 채우면서
그렇게 건너가는 하루하루

파랗게 뻗어 오르는

풀들의 눈빛이 보인다

햇빛이 놓아준 징검다리 자리마다

새싹은 움트고 뿌리는 단단하다

단추가 없는 저녁은

징검다리가 없어도 건너갈 수 있는 시내

가족이 서로 단추가 되어

깊은 밤을 건너갈 때

단추를 확인하는 손이 따뜻하다

검은머리방울새 가족

잠들 수가 없어요
고요하다 못해 푸른 달빛이 설레어서요
옥토끼가 달을 쳐다보는 형상의 땅
오늘은 어떤 대화를 이어갔나요

구름처럼 시간이 지나갔어요
어딘가에 살고 있을 얼굴들
단정한 교복에 빳빳하게 풀 먹인 칼라
야무진 청년, 서글서글한 눈매의 아가씨
두고 온 아가를 그리워하는 아빠

검은머리방울새는 어렵지 않게 하늘을 날건만
가족들은 한없이 무거운 쇳덩이 때문에
앉지도 서지도 못하는
깊은 오열에 한숨만 쏟아냈어요

파란 싹에 둘러싸인 그대와
지금도 뛰고 있을 열사들의 맥박

시시때때로 눈물을 뿌리고 다녀가는
유족들의 아픔
우리의 맞잡은 손도 뜨거웠어요

맨몸으로 지하를 뚫고 올라가야 하는 세상
한 발 한 발 내딛다 보면
한 줄기 빛이 스며들 거예요

달빛이 유난히 푸르게 쏟아지는 밤
토끼굴이 따뜻하신지
안부를 여쭙니다

구름성형외과

어느 혼례식장에서 반가이 인사를 하는 여인
목소리는 알 듯한데 얼굴이 낯설어 성형을 했다는 사실이
생각났어요

구름나라도 성형외과가 있을까요
산 능선에 걸려 있는 먹구름이 흰구름으로 조개구름이 두
루마리구름으로 성형을 받아요

고래가 된 구름이 꼬리를 치니 하늘의 물살이 갈라지고
자그만 물고기 구름들 파닥거리며 허공으로 숨어버려요

먹구름이 비를 내려 땅이 성형을 받는 날
산이 나뭇잎 소리에 눈을 뜨고 꽃들은 환하게 웃어요

구름이 제 할 일을 잊고 외출한 동안
논바닥은 갈라지고 어린 모들은 목이 탔지요 강기슭까지
거북 등이 될 뻔했어요

내리는 소나기에 파랗게 반짝이는 풀들이

　구불거리는 길에서 엇갈리는 삶을 살다가 다시 얼굴을 마
주 보며 웃는 시간

　구름이 붉게 물들어 노을로 성형되고 있어요

낡은 책을 펼쳐보는 고양이 수염

빛바랜 책 위에 앉아 있는 고양이

행간을 응시하는 눈초리에
가느다랗게 흔들리는 밑줄이 그어진다
쏘아보는 눈동자 앙다문 입술

학교 앞 PC방으로 가버린
새끼 고양이 눈망울을 떠올릴까

허름한 공터에서 어기적거리며 나타나
미야우, 책 읽는 소리 내지를 땐
놀란 눈이 더 크게 떠진다

두 귀를 레이더처럼 세운 자세
오감의 수염으로
한 장 한 장 펼쳐보는 비밀의 책

도서실에서 내쫓긴 마녀는 아닐까

은근한 경계심을 보이며
사서의 발걸음에 촉을 켠다

하늘을 더듬는 수염
어린 새끼를 생각하는 집필실
낡은 책에 접혀 있는 그림에 얼굴을 부빈다

미완성 자서전을 깔고 눕는 밤
손가락이 저린 고양이 마음은
글을 읽는 수염 끝에 있다

검은 피를 수혈하다

페이지를 오래 넘길수록
수혈을 받아야 하는 만년필
혈관 구석까지 차오를 땐 안색이 좋으나
언제 대장에 문제가 생길지 모른다
두꺼운 대학노트를 끼고
활기찬 세상을 살다가
허기져 누워 있기도 한다
촉이 꺾이거나 구부러지는 아픔
허리에 윤기를 잃어
다친 입으로 말을 하지 않는다
책 한 권의 골짜기를 지나
깊은 강을 건너는 자서전
A4 용지의 끊임없는 사연이
남은 물기를 흡수한다
통증이 온몸으로 번지던 날
잃어버린 기억을 재생할 수 없어
아끼던 무명의 원고는
책상 서랍에서 나오지 못했다

심장 가까운 주머니에 고인 눈물

아늑한 체온 속

따뜻하게 안겨 있다는 안도감에

맑고 환해지는 이마

검은 피를 수혈받은 입술에

화색이 돌았다

울음은 날개가 된다

날개가 없는 바위는
멀리 산등성이를 기웃거린다
복사꽃 핀 야트막한 언덕에서
지평선을 기어가는 노을에 마음을 빼앗겼고
수직으로 하강하는 한 줄기 햇살에도 설레었다
꽃잎들의 함성을 듣지 못했고
소나기에 젖은 들판을 뛰어보지 못했으나
무논에 뜬 달을 무심히 바라보며
대숲의 바람 소리를 그리워했다
먼 하늘 배회하는
한 무더기 구름을 따라 떠돌기도 했다
소중한 것은 곁에 있는 법
풀잎들이 소곤거리며 뱉어낸 씨앗들
바람에 떨어졌다 다시 살아나
어여쁜 눈물을 나눌 때
제자리를 받아들이는 바위
숨겨놓은 울음은 날개가 된다

구름의 핑크 택스

핑크 값을 지불해야 하는 세상에
붉은 파도가 밀려오는 저녁
무너지는 가슴에 몽글몽글
마음이 들뜨는 종소리가 울린다
흰 구름이나 먹구름은 쓸쓸하기 그지없어
주홍 구름이 관심을 받을 때
짝 잃은 기러기 구름
하릴없이 바람에 밀려난다
백화점 화려한 진열대
뭉게구름보다 비싸면서 질이 낮은 노을구름
비 맞은 운석들이 하혈을 위해 쇼핑한다
품질에서 앞서는 동물성 제품은
식물도 애용하는 추세
억압적인 나뭇잎을 버리고
자유로운 색깔을 입자고
옷을 벗고 시위한다
노을은 영원하지 않아
값싼 바람을 따라 돌고 도는 핑크 택스
구름의 눈물은 싸서 쓸 수가 없다

밤의 온도는 측정 불가

새가 날아오른다
멎었던 심장이 뛴다
혼란한 소용돌이의 내부 온도는
차가울까 미지근할까

깜깜한 갱도
두려움을 더듬어 당신을 찾는다
살아온 길을 뒤돌아본다
우리는 어디를 지나왔을까

고요가 흐르는 흉터
밤이 되어 움츠러들 때
그림자는 굳지 않는데
눈동자를 굴리며 다가오는
어둠의 체온

잠겨 있던 소리들이
가슴으로 번지는 서러움이

팽창하지 않을까
부푼 숨결의 흔적이 선명하다

가파른 비탈길이 숨차다
별빛 비치는 언덕을 뒤돌아보며
커튼 색깔을 바꾸고
푸른 날개를 달아야 한다

회오리가 지나고 밤이 내린다
혈관이 다시 뛰었으나
넘어야 할 산은 멀기만 하다

날개 젖은 새가 날아오르면
체온계를 버린 사람들이
온도를 잰다

어깨의 기울기에 관한 문제풀이

세상에 무서울 게 없었던 남자
지친 어깨가 기울어진다

앞만 보고 걸어온 탓에
눈빛과 목소리에 힘이 들었고
어깨는 당당했다

때를 잘못 만난 탓일까
브레이크가 걸려 사업이 기울기 시작했다

평평했던 두 어깨가 움츠러들었으나
가슴속에 숨어 있던 평행감각이
수직과 수평의 직선으로 살아났다

X축 아래로 기울어졌던 상황을
원래대로 회생시켜놓았다
Y축에서 파도를 타는 두 발로

바닥을 다져놓은 것이다

고개는 세로축을 향하고 어깨는 가로축을 향하는
문제풀이의 공식
기울기를 해결한 가슴이
한결 편안하다

새끼손가락에 관한 학설

짧고 가느다란 손가락

약속의 세계에선 확실하다

해 질 녘 그림자 출렁이며 유혹해도

어둠이 햇빛을 이기려 안간힘을 써도

손 걸고 난 후엔 철통같이 지킨다

귓속을 후빌 때면

동굴 속에 거꾸로 매달린 박쥐

놀라 푸드득거리다 벽에 부딪쳐 떨어진다

굳어 있던 비밀들이 떨어져나간 귓속

살랑살랑 바람이 시원하다

콧구멍 속 작은 계곡 두 개

깊은 물속에서 헤엄치는 은어

향긋한 수박 내음에 햇살이 스민다

바위를 쑤시는 손가락에 기웃기웃

새끼손가락을 앞세워

작은 거인에 관한 학설을 쓴다

제2부

따뜻한 가시

지난여름 요염한 얼굴로

가슴을 설레게 했던 장미

겨우내 헐벗고 있다

꽃이 없어 눈에 띄는 가시

하늘을 천 바퀴 돌아

쉼표가 된다

겨울이 끝나갈 즈음

내 안에서 만져지는 가시

물렁하고 따뜻하다

튤립중학교

운동장에 줄을 맞춰 서 있는 여학생들
상의는 자유 하의는 녹색 체육복
개성과 통일이 조화로운
학생들의 눈망울이 풋풋하다

월요일 조회 시간에 애국가와 교가를
주황반 합주에 맞춰 부르는데
노랑반 박자가 빨라져
음악 선생이 눈치를 준다

자율학습장에 낙서를 하던 빨강반 언니들
정신이 말짱한 오전에는
다소곳 집중하더니
밴드부 소리 들려오는 오후가 되자
손짓하며 흥분한다

지나가던 에어로빅 동아리 선생님
페스티벌에 참여하려면

단정한 몸가짐으로

정성을 기울여야 한다고 주의를 준다

튤립 축제에 참여한 학생들

루주 볼연지 색조화장품을 진하게 바르고

금세라도 매스게임을 할 태세다

안테나의 온도

창문 너머 회화나무, 연두색 꽃을 늦게 피우더니 바람에 풀어헤친 머리가 너울거린다 건강기록부엔 매우 양호함이라고 적혀 있을 것이다 발랄하게 즐기는 FM 93.1, 슈베르트가 영혼을 맑게 한다 가슴속에 향기를 채우는 365일 36.5도, 건강한 사람도 일 년에 몇 번쯤 통증이 있다는데 라디오 방송국엔 명의가 살고 있을까 먹구름이 어지럽게 천둥 번개를 틀었을 때 마음을 달래는 음악을 보내주었고, 가뭄으로 찍찍거릴 땐 빗물로 닦은 깨끗한 음질을 들려주었다 열두 달 감기 하나 없이 하늘과 맞닿은 멜로디로 깊은 밤을 출렁이는 식물들, 발 없는 공기가 꿈틀대며 번식한다 물관 체관은 36.5도, 이파리에 선율이 흐르는 날은 365일

데칼코마니

　객석에 피어 있는 스피커, 빨간 불이 들어오면 마이크를
잡고 오감을 세워 노래한다 날숨의 미세한 떨림까지 드러내
는 출연자는 청중을 무서워한다 어둠 속에서 살아나는 목소
리, 피아니시모에서 포르테로 변하는 물방울들, 출렁이는
무대에 띄운다 거센 바람과 폭양에 퍼덕이며 날아간다 날갯
죽지 사이에 슬금슬금 가시가 돋는다 푸른 칼날을 들이대며
크레센도로 바람을 휘두르는 지휘가 흰 물거품의 소용돌이
로 밀려오면, 깃털이 젖어 있던 물새 떼가 화살처럼 날아오
른다 풀잎에 앉은 햇살이 반짝일 때 모음과 자음은 은빛 나
래를 펼치고 구름도 어깨를 부드럽게 들어 올린다 무대 위
에서 꽃봉오리로 피어나는 감옥은 숨 쉬는 데칼코마니, 꽃
의 피가 흘러나온다 간간이 들리는 전기 고문의 비명 소리,
출구가 없는데도 포기하지 않는다

구름 리조트

황금연휴에 찾아가는 리조트
고급스런 구름 인테리어 디스플레이

부드러운 곡선을 추구하는 구름은
바람의 붓을 사용한다
자투리에 세면대 하나 더 설치하여
조화를 도모하는 실리

구름 건축술의 백미는
높이를 다투는 창공 친화적인 관점
노을이 물드는 리조트를 끼고 흐르는
하늘 폭포 주위로
물안개가 주홍색 엽서를 띄운다

꽃들이 아는 체하고
물이 마르지 않는 산책로엔
그치지 않는 새들의 노래
밤이면 달빛 사이로

잔잔한 잎사귀들 사운댄다

내일의 얼굴이 그려지지 않는
회색빛 도시를 떠나
산과 강이 자리 잡은 리조트에
무거운 물방울을 내려놓는다

태양초 화장품

태양초 분가루를 담은 유리병
빛깔이 고와 눈앞이 아찔하다

모진 비바람 무사히 건너
선홍색을 내기까지 얼마나 힘들었을까

햇볕을 좋아했던 푸른 고추
깊은 산골 텃밭에서
매운 향 간직하며 살다 온 게지

시퍼런 얼굴에
붉은 화장을 한 배추가
수줍게 얼굴 붉히는 밥상

숨죽인 열무는
푸른 데는 붉게 칠하고
흰 데는 옅게 칠한다

볼연지를 다홍으로 해달라고

애교를 떠는 쪽파

풀 메이크업을 마친 김치전은

연분홍 뺨이 빛난다

물로 한지 베기

손이 백 번 가야 만들어진다는 백지
숨 돌릴 틈 없이 바쁜 부부

닥나무를 찐 후 겉껍질을 벗겨낼 때부터
대나무 발로 종이를 뜨고 말릴 때까지
티격태격 언성이 높아지기 일쑤다

허리가 아파 잠시 엉덩이를 붙였는데
타박을 하는 남편
닥나무 속껍질을 잿물에 넣고 삶을 때는
목소리가 더 커진다

장날에 맞춰야 하는 일정을
모르지 않는 아내는 속이 상해도
섭섭함을 가라앉히고 밝은 마음만 뜨기로 한다

젊을 땐 잘잘못을 끝까지 따졌지만

지금은 묵은 마음을 찌고 건지며 산다

푸르게 여물어가는
닥나무를 그윽이 바라본다

두 사람의 목덜미를 만져주는 달빛 속에
부부의 심장 소리가 들어가 박인다

바탐섬을 읽다

하늘 길에서 만난 야생의 바람
팽팽하게 맞서는 가슴
눈동자는 붉어진 구름층을 지나고
망망대해 건너 창공을 좇는다

하늘과 바다 사이에
나는 다만 점 하나
파도의 끝없는 도돌이표는 잔잔하다
야자수 뿌리와 우듬지가
서로 호흡하며 나누는 숨결이 펄럭일 때
해변의 걸음은 썩어 거름이 된다

원숭이 조심 팻말이 걸린 숙소에
느닷없이 나타난 햇살
여유롭게 비추며 들어온다
사람을 그리워하는 저 눈빛

덤으로 얻은 시간

석양은 내 삶에 밑줄을 친다

지난날을 기록하는 바탐섬의 저녁

방에 들어오는 노을 한 조각을 표지로 만든다

밝아지는 내 눈

창 밖에 보이는 모든 것들이 숨을 쉰다

와이? 와이셔츠

손빨래가 좋다는
와이셔츠는 눈치를 봅니다, 와이?
산더미처럼 쌓인 일들이 손을 내밀어
세탁기와 타협을 했다지요
깃의 목 때만, 그 여자가

Y가 넥타이 매고 구두를 신으면
즐겁다고 거리가 웃습니다
소매를 걷어붙이면
책상과 의자의 감정이 상큼합니다
사무실을 환하게 밝히는
화이트 셔츠

그 하얀 실루엣 속에 들어가면
어깨가 웅성거려요, 와이?
허공에 뻗은 목련 가지도
술렁이는 소리를 낼까요

처음 입어본 옷이
좁은 세상을 기웃거릴 때
그 안에서 긴장하는 근육

와이, 와이셔츠?
주름이 몰려오고 가슴이
답답하게 조여 오더라도
걱정하지 말아요

핏이 살아 있는 내일은
질문이 필요 없으니까요

잎사귀와 잎사귀가 사귀는 시간

은행나무 열매가 다닥다닥 달렸어요
 암수 눈빛을 서로 교환하며 잎사귀와 잎사귀가 사귄 덕분
이어요

 이웃집 청년이 나무 그늘에서 아가씨 손을 붙잡고 입을
맞춘 날
 나무 밑 우편함에 청첩장이 들어 있었어요

 찌는 듯한 여름 지나 가을의 품에서 나무가 붉게 물들어
가는데
 성질 급한 이파리는 벌써 떨어져 뒹글고 있어요
 머지않아 햇빛은 겨울의 이마에 따뜻한 손을 얹겠지요

 환하게 웃음짓는 보름달은 실핏줄로 남아 있는 담쟁이와
연민의 정을 나누다가
 물기 하나 없는 표정으로 입을 닫았어요

 노을 진 하늘로 떠나가버린 고양이를 아득히 그리워하는

마당이

   치맛자락 파고드는 새끼의 등을 한없이 어루만져 주고 있
어요

   살아가는 일은 옆을 바라보며 걸어가는 일

   잎사귀와 잎사귀가 사귀는 별들의 숨소리가 따뜻하게 들
려요

   가만히 귀가 자라고 있어요 귀와 귀가 사귀는 시간이에요

작은멋쟁이나비

화단에서 놀고 있는 작은 나비
진노랑에 검정 무늬 날개로
바람결에 나풀나풀 꽃보다 환하다

이 꽃 저 꽃 더듬으며 꿀을 음미하다
꽃잎을 동그랗게 펼친 백일홍에 빠졌다
영역을 침범한 제비나비를 만나자
날갯짓이 빨라진다

키 작은 난쟁이 아가씨
날렵한 몸으로 줄타기를 한다
한 발 한 발 내딛는 발걸음

스릴 넘치는 몸짓으로 관중의 몰입을 유도한다
공중으로 날아올라 뱅그르르 돌더니
플라잉 해먹에 가볍게 점프
한 송이 꽃으로 피어난다

평범한 집안에서 태어나
시선을 끌어야 하는 세상
우레와 같은 환호에 가려진
고단한 삶의 문양을 날개에 새겼다

체구보다 몇 배나 큰 링 세트를 들고
웃음 띤 얼굴로 사뿐사뿐
멋쟁이 나비가 무대에 오른다

진통제 한 알

바람은 약물을 의지한다
별은 유기농 진통제
몸도 마음도 낫는다

구름의 머릿속에서
와글와글 끓어오르는 바람
비늘로 붙어 있던
아픈 기억이 살아나면
먹구름이 되어 소나기를 퍼붓는다

햇빛 한 줌도 무거워
저녁이 되기도 전에 붉어지는 얼굴
별 하나를 삼킨다

머리채를 흔드는 미루나무
통증 처방전을 받아
햇살 치료를 시작한다

별 한 알로 해결하는 세 끼 상처

비바람을 안고 걸어가는 밤

아물게 해줄 별자리를 찾는다

한순간에 바람을 잠재우는 진통제

나무도 짐승도

어둠에 타서 마신다

통증을 해결해주는

별들이 빛날 때

누구도 흔들리지 않는다

캐스팅 보터

새가 유리하면 날개가 있으니 새라며
동물이 이길 듯하면 새끼를 낳으므로 동물이라며
왔다 갔다 편을 드는 박쥐

해 질 무렵 활동을 시작
밤새 먹이 잡는 업무를 마치고 돌아오면 동굴이나 바위틈
의 은밀한 잠자리를 좋아한다
눈치 보기로 세상을 사니 이리저리 치이는 삶

애니메이션의 황금박쥐
선과 악이 싸우던 시대에 악당을 물리치고 하늘을 날아오
르면
얼마나 박수갈채를 보냈던가
해골 모양 가면을 쓰고 정의의 편에서 싸워 영웅이 되었
던 것이다

오렌지색을 띤 의원
국회에 나타나 열변을 토한다 농약 살포로 들판이 죽어

나갈 때

　서식 환경을 위한 표결에 앞서 의기양양하게 모두발언을
한다

　결과는 의중대로 되었으나 세상은 의심하기 시작했다

　내일 조간신문 헤드라인은 위대한 박쥐가 차지할 것이다

타지마할 가는 길

천장을 뚫을 듯 설렘이 떠다니는 공항
소매 끝을 잡아끄는 흥분

달이 구름 사이로 환히 고개를 내밀 때 하늘을 날았다
처음 밟는 땅의 감촉, 첫 새벽의 향기

인도 여행이 무산된 적이 있었다
어린 딸 셋을 둔 J 선생
남편이 갑자기 먼 길을 떠났다 그때 우리 모두 가슴에 붕
대를 감았다
하얀 천에 배어나오는 다홍빛 상처

충격에서 헤어나지 못했으나 슬픔이 아물어가면서 다시
여행을 계획할 수 있었고
쓸쓸한 뒷모습을 조금씩 지워갈 수 있었다

천의 얼굴을 가진 인도
눈으로 보고 마음으로 느꼈다

이십여 년이나 공사를 했다는 타지마할 나이트 투어, 순
례자들의 도시 바라나시에서 본 갠지스강, 릭샤를 좇아오
는 석양의 얼굴
  J 선생의 얼굴에도 서서히 생기가 돌았다

  귀국해서 다시 모인 자리
  아그라 성에 비치는 빛살처럼 환하게 피어오른 얼굴

  달빛 아래 환상이었던 타지마할이 J 선생의 눈 속에서 빛
나고 있었다

추녀 끝에서 헤엄치다

떨어지는 빗물이
추녀 끝 작은 종을 쓰다듬는다
아가미 발름거리며 매달린 물고기 한 마리
좌우로 꼬리를 친다
댕그렁, 어느 바람을 따라
이곳까지 왔을까
허공에서 파닥거리는 생존법
그가 숨 쉬고 꽃 피우는 방식이다
산그늘이 나뭇가지마다 걸린다
비에 젖은 바람이 골짜기에 눕고
바람에 젖은 새들이 숲을 향해 울 때
물고기도 긴 밤을 지새운다
안개 속을 헤엄치는 눈에
어둠이 고여 있다
불어오는 음습한 바람에
힘껏 꼬리 치며 헤엄치는 소리
댕그렁 댕그렁
그의 집은 추녀 끝에 있다

제3부

신호등

생의 중턱에서 만난 험한 언덕길
힘이 딸려 올라갈 수 없어요
왔던 길 내려가려니
천 근 가슴이 가시덤불 속에
갇혀버릴 것 같네요
그때 한 줄기 빛이 비치더니
환하게 걸어오는 한 사람
소름이 돋아났어요
내 손목을 꼭 잡고 깊은 물을 건네주던
젊을 때의 아버지
내 곁을 떠난 후 한 번도 아니 오시더니
꽉 막힌 앞길 터주려고 오셨군요
부디 당차게 살아가렴
고비마다 들은 말씀
가슴속에 환하게 빛나고 있어요

꽃양배추

겉은 물러도 속은 옹골찬 저것은
어머니 젊은 날의 모습
나어린 새색시를 두고
일본으로 고학을 떠난 아버지
십여 년 만에 돌아왔다
남편 없는 시집살이는
눈가를 촉촉이 젖게 했다
참혹한 한국전쟁의 소용돌이에서
뱃속에 나를 품고
등엔 연년생 오빠를 업은 포대기
벼랑길을 휘돌아 나온 어머니
마디마디 응어리진 옹이를
아무도 뽑아주지 못했는데
먼 길 떠나실 무렵에도
일을 핑계로 자주 못 뵈어
가슴에 장대 못 하나 박혀 있다
보라색 노란색 자식을 싸안은
내 어머니 치맛자락
얼음장 속에서도 찢어지지 않는다

엄니의 걱정

바람이 일지요
겨자씨 같은 시간 흩어질까 봐
그리도 염려가 많으신가요
손 안엔 걱정이 가득해
마음 마를 날 없지요
덕분에 내 걸음 헛되지 않아
애틋한 말씀 그리워 돌아왔어요
뜰에 피었던 데이지꽃 못 잊어
어찌 지내시나요
초록이 부풀고 있어요
머리를 풀어헤친 나무들
쏟아내지 못한 울음을 우는 건가요
걱정이 없으면 걱정이 왜 없을까
걱정한 엄니, 온통 육남매 생각뿐이었던
엄니의 마음 내 안에
고이 간직하고 있는 줄 알았는데
아니었어요 당신 근처에 나
다만 머물러
맴돌고 있을 뿐이었어요

감빛 립스틱

콤플렉스가 있는 여인
입술은 좀 크고 칙칙한 색깔

사계절 연출이 어려워
오로지 감빛만 고집한다
그 제품이 단종되면 위축된다

감빛 립스틱을 발견한 여고 동창들은
친구 생각이 난다며 하나 사서 전해준다

주말에 찾아간 시골 오빠 집
완주군 구이면 항가리
나지막한 산 아래 주황색 마을
입구부터 감빛으로 물들어 있다

몸속 빛깔을 뿜어내는 감나무
쓸쓸히 주위를 맴도는 솔개의 부리에
석양이 감빛으로 물들고

해는 옷자락을 끌며 산마루를 색칠한다

청무 밭에 걸려 있는 시래기는
감나무를 바라보며 물기를 말리는데

어스름 저녁을 밝히며
붉은 숨을 내쉬는 감나무 입술들

그 여자의 마티에르

푸른 안개 속을 걸어서 그가
통증으로 밀려왔다

여자는 깊은 늪 속으로 빠져들었다
허우적거리며 소리칠수록
허공을 떠도는 바람의 피치가
거칠게 높아졌다

수평선 너머로 옮겨 살던 그
번호 순서로 일을 처리하는 사람

한 치의 오차가 없고 천둥 번개가 쳐도
뒤를 바라보는 법이 없다
두드러진 성질이 싫은 것은 아니나
위급할 땐
발 벗고 뛰어들 줄 알았다

마음이 구겨지는 날엔 바닷가에

그의 이름을 쓰고
애타게 부르기도 했으며
실루엣을 그리며 쓰다듬어보기도 했다

기다리다가 인기척을 느낀 여자
아무도 없을 줄 알았는데
다가와 안아주는 사람이 있었다

우둘투둘한 마티에르
그 남자의 따스한 가슴이었다

도하마을

당산 대나무 숲에선 사나운 바람 소리가 났다
비는 삼거리 신작로에 싸릿대 흙냄새를 풍겼다

새벽안개 깊어갈 때
마을 소식을 물살에 흘려보내는 강물
나는 그 강둑을 휘적휘적 걸었다
돌아오는 길 옆 옥수수 밭에는 옥수수 이를 가진 태중이가
함석지붕 외딴집에서 홀어머니와 살고 있었다

만경 능제방죽
아버지 엄니 음성이 노을에 번지던 곳
도하의 한 줄기 고샅을 찾아 나섰으나

씨 옥수수 매달린 추녀의 옛집이 사라지고
통유리가 햇빛을 쏘는 양옥이 자리했다

널찍한 황토색 마당
달빛 쌓였던 텃밭도 사라지고

당산엔 대나무 몇 그루만 서걱거렸다
사분대던 대숲은 어디로 가버렸을까

옥분이 머리 위로 꽃잎을 흩날리던
학교 담장 아름드리 벚나무도 자취가 없다
삼거리 신작로 독새기풀이 휘돌던 곳
강물 속으로 그리움을 적시던 눈발도

나는 오랫동안 가슴속에 키우던 보름달 하나를
강물에 던지고 돌아왔다

마당이 자라는 집

양지바른 마당가에 채송화 빼곡하던 어릴 적 옛집, 이웃 돼지우리 지붕 위 박꽃에 달빛이 하얗게 빛나고 가을걷이 철이면 마당에 노적가리가 푸근하게 서 있었다 그 짚더미에 기대어 밤 깊도록 불렀던 오빠 생각

마당가 무화과나무 밤새 익은 열매는 일찍 일어난 형제의 몫, 비바람 불 땐 잎사귀가 위아래로 너울거렸고 오빠들이 좋아했던 토실한 염소 새끼는 마당에서 언덕으로 천방지축 뛰어다녔다

공수내 다리 아래 개울에서 동생과 놀다 오면 마당에서 잠자고 있던 흰둥이 폴이 꼬리를 치며 반겨주었고 하늘 가득 매달려 있는 옥천앵두는 엄니가 아끼던 육남매 웃음소리를 주렁주렁 달고 있었다

퇴근한 아버지가 사립문을 열고 마당으로 들어오면 잘못한 것이 없는데도 일렬로 인사를 하고 나서 후딱 방으로 숨

어버리곤 했다 왜 그리도 엄하고 무섭기만 했던지

　온 가족이 둘러앉은 밥상머리에서 셋째 오빠를 야멸차게
혼내는 큰오빠가 밉다고 생각한 순간 쥐고 있던 숟가락을
던졌다 큰오빠 이마에서 피가 흘러 일찍이 싸낙배기 가시내
로 불리었던 아이

　아들만 내리 낳다 얻은 딸이라고 아버지 엄니는 손 꼭 잡
고 다니셨으나 고집을 부릴 때는 마당 귀퉁이 수국꽃을 말
없이 바라보곤 하셨다 이른 아침 해가 뜨면 채송화가 환하
게 웃어주던 마당이었다

성묘길 소묘

황량한 벌판에선 눈발도 옆으로 휘몰아친다

능제 못 바라보며 두 분 잠드신 전라북도 김제시 만경면 들판, 바람이 하루에도 수없이 넘나드는 야트막한 산자락, 아부지 엄니는 무릎까지 사정없이 빠지는 눈이불 덮고 누워 계신다

눈 쌓인 어느 밤 닭죽 쑤어놓고 4남 2녀 흔들어 깨우시던 아부지 엄니, 뜨거운 죽 삼키던 당신 새끼들 한 줄로 늘어서서 목으로 올라오는 짠 불덩이 삼키며 눈시울에 쓰린 화살을 맞는다

푸두둥! 숨어 있던 산 꿩 한 마리 눈 털며 하늘로 날아오른다 당차게들 살거라 망치로 벽에 힘주어 못을 박듯이 한 말씀 하신다

배웅 받으며 내려가는 언덕길, 눈 덮인 벌판의 가슴이 훈훈하다

큰오라버니

동적골 학소암, 바위를 건너가는 햇살을 따라 가시덤불을
헤쳐 오르곤 했다 신문사 입사를 위해 밤늦도록 촛불 밝힌
암자, 눈발이 흩날리던 날 그토록 원하던 꿈을 이루었으나

청산되어야 할 군사문화, 소신을 밝힌 칼럼 때문에 출근
길에 허벅지를 찔리는 테러를 당했다 사회 비판 칼럼은 지
속되어 때론 차이고 피 흘리는 시간을 감당해야 했다 결국
데스크 펜을 접을 수밖에 없었다

여행 중 보내준 엽서에는 사라호 태풍이 훑고 간 바다가
있었다 시야를 넓혀주며 일기 쓰는 법을 가르쳐준 오라버
니, 펜의 올바름을 굽히지 않고 평생 한 길을 묵묵히 걸어왔
다

이제 연로하여 기운이 쇠하다 그러나 아직도 폐부에선 불
꽃이 튀고 있음을 나는 안다 그 심장에 여전히 남아 있을 문
장들, 손잡을 때마다 고스란히 전해온다

길몽으로 다녀가다

에덴에서 그 사악한 혀로 한 여인을 꾀었던 너
다문 입을 벌리는 순간 네 몸은 식도가 되어 어떤 먹잇감
도 삼켜버렸다
그 징그러운 몸뚱이에 가장 화려한 무늬

딸아이 대학입시 때 꿈에 나타난 너는 통나무만큼 길고
컸다
산 정상에서 땀을 식히고 있는 나에게
안개비 물구슬 헤치고 스르륵 배밀이로 올라왔다

광채 나는 진녹빛에 쏘아보는 눈빛, 그런데
네 얼굴은 야릇하게도 딸아이의 함빡 웃는 모습을 하고
있었다

해몽이 어려운 꿈이어서일까 살얼음을 딛은 듯 서늘한 뒷
덜미
외출을 삼가고 말을 아꼈다

지난 시간 어미 잘못을 지하에서 지상으로 끌어올렸다
맑은 눈물을 흘리면서 뜨겁게 두 손을 모았다

그토록 기다렸던 소식에 한순간 꽉 찼던 안개가 걷혔다

기쁜 소식의 전령사였던가 한 줄기 햇살 같은 축복을 떨
어뜨리고 풀숲으로 사라진 너의 벚꽃만큼 화사했던 꽃 비늘

너는 길몽으로 다녀갔다

친정

멀리 시집간 큰딸이 네 살 외손녀를 데리고 시골집 나들이를 했다 아직도 쌀쌀한 초봄 날씨, 들판에 나가 냉이를 한 소쿠리 캐 왔다 수돗가에서 흙 묻은 냉이를 맨손으로 꼼꼼이 씻기가 아릴 텐데도 어미 밥상에 봄국을 올리고 싶었나 보다 원이는 저도 씻겠다고 참견을 한다 그만두래도 막무가내, 걷어주었던 소맷자락도 다 젖었다 갑자기 안방으로 쪼르르 뛰어가더니 뭔가를 들고 와 다시 쪼그리고 앉는다 깜짝 놀란 어미의 비명 소리, 원이가 벙어리장갑 낀 두 손을 냉이 씻는 물그릇에 퐁당 담근다 "손이, 손이 시려서요" 야단을 치지도 웃지도 못하면서 어처구니없는 시선을 주고받는 모녀, 따뜻한 저녁 밥상 위에서 김이 모락모락 오르는 냉잇국, 하얀 뿌리가 약이 된다는 봄국을 아련한 맘으로 먹는다 딸과 손녀는 어미의 냉이 뿌리, 그 향이 천 리를 간다

그네

    지리산 기슭의 아담한 중학교, 흑진주같이 깊은 눈을 가졌던 소년은 〈그네〉를 잘 불렀다 콩쿨대회에 나가면 상을 휩쓸었다 강산이 몇 번 바뀐 어느 날, 유능한 치과의사로 중년이 되어 나타났다 일터에선 클래식 음악이 흘렀고 병원 한쪽에 피아노가 있었다 환자가 없는 조용한 시간이면 한 번씩 노래를 부른다는 것을 간호사가 웃음 띤 얼굴로 전해 주었다 그 딸의 소프라노 독창회 초대장, 지금도 간직하고 있을 성악가의 꿈을 딸아이를 통해 달래고 있을까 프로그램엔 〈그네〉가 빛나고 있었다 세심한 배려심과 치밀하고 정교한 손재주를 가졌던 소년, 겨울이면 눈보라치는 폭풍의 언덕*을 오르내리며 치과의사의 꿈을 키웠을 지리산 기슭의 중학교 교정, 전교생 앞에서 가슴 설레며 부임 인사를 하던 꽃다운 스물일곱 시절, 뭉게구름 손짓하는 음악실에서 소년과 노래하며 바라보던 그 하늘에 그네가 있다

* 에밀리 브론테 소설

노란 프리마돈나

시가 흐르는 마을 행사장
바자회로 파랑새공원이 들썩인다

초등학교 담장엔 개나리가 한창
갓 부화한 병아리를 파는 아저씨
꼬마들이 빙 둘러 오물오물 모여 있다

먹거리 생필품 신사복
사고 파는 사람들 사이사이
시화가 이젤에 걸터앉고
색소폰이 야외 무대 막을 연다

특별출연 소프라노 솔로
잘록한 허리에 페티코트
그 위에 노란 롱드레스
한 무리 새 떼가 은빛으로 솟구친다

화려한 음색과 고음의 탄력은 사라졌어도

연륜이 꽃을 피워

삶의 여운과 깊이가 가득하다

젊은 날에는 흉내조차 낼 수 없었던

잘 익은 소리가 심금을 울린다

병아리도 꼬마들도 사라진 파랑새공원

웃으며 돌아가는 노란 프리마돈나

마법에서 풀리다

주말이면 낚시터에서 살던 낚시광
병으로 입원한 아내를 혼자 둔 채
밤낚시로 하룻밤을 지새우고 돌아온 날
그녀는 먼 길을 떠났다
그 후 몇십 년을 접은 낚시
손주를 얻은 남자는
별이라도 따다 주고 싶었다
난산한 며느리에게 고아줄 잉어를 떠올리며
처박아둔 장비를 챙겼다
폭우가 지나간 저수지, 허벅지만 한 잉어 입질에
찌가 흔들리는 순간
생의 월척을 낚은 그 짜릿한 눈물
회한과 함께 끓인 잉어탕
며느리는 정성을 먹고 몸을 추슬렀다
아내를 하늘로 보낸 환부
통증이 오래 지속되었던 날들
손주의 꼬물거리는 손가락을 맞잡은 화해는
먹구름 뒤 찬란한 햇살이 되었다

비로소 내려놓은 무거운 짐

마법에서 풀린 남자

파닥거리는 물고기 한 마리

가슴속을 빠져나와 하늘로 헤엄쳐 간다

셔틀콕 신화

태어나면서부터
오른손에 라켓을 들고
왼손에 셔틀콕을 쥐고 있었다

걸음마를 시작할 때
바람을 다루는 법과
문턱을 넘는 법을 배웠다

부친은 외국 서적을 요리해
온갖 영양가 많은 기술을 접시에 담아
매 끼 밥상에 올려주었다

드디어 무대에 섰을 때
라켓은 몸의 일부가 되었고
셔틀콕은 의지대로
네트 위에서 파도를 탔다
전 세계 사람들은 묘기에 숨을 죽이며

한 마리 새를 따라
고개를 왔다 갔다 했다

하이클리어는 구름 위를 날았고
드롭샷은 독수리 부리처럼 날카로웠다
헤어핀은 꽃처럼 아름다워
아트의 곡선을 그렸다

셔틀콕 하나로 쌓아올린 전설
아비가 낳지 않고
한국이 낳은 박주봉
그 이름은 불멸이다

민지에게

아들에게 그리움을 품게 했던 민지
두 손 잡고 일 년 내내 여름인 싱가포르에 둥지를 틀었다
갓난아기 때부터 타국에서 자라다가
설날 고향에 온 여섯 살 손주는
고드름을 주머니에 넣어 가려 했다
퇴근한 남편에게 냉장고에서 물수건을 꺼내주는 민지
한결같은 분위기로 가정을 꾸려가는 모습이
마음을 사로잡는다
지금도 들리는 그 웃음소리
이국의 경계를 넘나드는 바람에 발걸음이 빨라진다
예전엔 농장과 과수원이었다는 싱가포르
원주민이었던 말레이인들은 이토록
발전된 도시를 상상이나 했을까
두리안이나 망고스틴이 하늘을 뒤덮었겠지
힘을 들인 만큼 되돌려주는 이 땅처럼
민지네 둥지에도 열매가 풍성할 것이다
창이공항에서 배웅하며 오래 지켜보던 모습이
동공 속에 찍혀 있다

하얀 달그림자에 어린 미소

열두 달 여름을 살아야 하는 민지에게

푸른 가을바람을 열 포대쯤 보낸다

어금니

비상계단을 흔적도 없이 빠져나가는 바람처럼
걸리는 게 없던 그 여자

예순이 넘도록 혈압도 좋고 당뇨도 없고
임플란트가 무엇인지도 몰랐다

언제부턴가 치아가 솟구치는 느낌
잇몸까지 욱신거려 치과를 들락거린다
어금니 하나를 빼야 한다
늦을수록 옆의 어금니도 무너진다는 얘기

구순을 넘긴 시어머니는
혼자서 성당도 마트도 다녀온다
아들이 오면 맛있는 밥상을 차려주면서
틀니를 끼고 함께 먹는다

며느리가 치통으로 부어오른 날
노란 은행이 들어 있는 소고기장조림을 보내주더니

참깨 송송 뿌려진 멸치 밑반찬까지 보내주었다

택배 상자를 열자마자
눈물 콧물 흘렸다는 그 여자

시어머니 때문에 생의 어금니가 흔들리곤 했는데
명절에 사위 며느리 손주들을 맞이하고 보니
시어머니가 아픈 어금니였음을 깨닫는다

어깨

양배추를 써는데
손에 힘이 주어지지 않는다
어깨 수술 후 보조기구를 갓 풀었으니 당연하다
왈칵 눈물이 쏟아진다
간단한 칼질을 못 하다니

전신마취 네 시간
해바라기 씨앗처럼 빼곡이 박힌 별바다의 순간들
목마름을 풀어줄 깊은 계곡의 흐름이었을까

엄마 눈 떠보세요, 괜찮으세요?
온몸이 밧줄로 꽁꽁 묶여 있는 듯
옴짝달싹 못 하는 통증, 무중력 상태에서 걷는 듯한 느낌
아, 살아 돌아왔구나

무거운 바위 밑에 깔려 내뱉는 신음
바람도 회화나무도 헉헉거리며 어깨가 처졌다
휴대폰 뉴스를 보려니 그 작은 무게에

손이 바들바들 떨린다

곧 도착한다는 남편의 문자
현관 쪽으로
자꾸만 눈길이 간다

그 사람은
나의 어깨다

제4부

물고기는 지도가 없다

깊은 바다에서 살아가는 물고기
지도가 없이도 잘 헤엄친다

연어는 저 머나먼
알래스카 푸른 바다에서
작은 강 남대천으로 떼 지어 올라와
새끼들을 낳는다

태평양에서 태어난
새끼 장어도 어미가 그리워
주진천을 찾아간다

물의 숨결을 따라
거센 물살과 파도를 헤치며
가파르게 올라가는
험난한 여정

물고기는 지도가 없어도
길을 잃지 않는다

느티나무 학교

마을 초입에
천 년을 서 있는 학교
사방으로 펼쳐진 가지가
수업 시작을 알린다
헝클어진 마음을 다듬고
우듬지에서 뿌리로 보내는
파란 하늘 얘기에
가슴이 벅찬 학생들
바람에 번져오는
잎새의 숨결을 도화지에 담고
느티의 속살에 안긴 때까치에게
음악 수업을 받는다
때가 되면 잎도 버릴 줄 아는
지혜를 보고 배우니
생활지도가 수월하다고
학생부장은 말한다
병든 할머니를 모시고 살아가는
소녀가장 은희에겐

쉬어갈 품이 되어주고
꿋꿋하게 살아갈 용기도 준다
어려운 마을 문제까지
널따란 그늘로 다독이는 천년학교는
하늘이 운동장이다

근처라는 말

인근이라는 말
그곳이 아닌, 가까이 있는 곳이라는
거기에는 서성이는 가슴이 있다

근처는 완성을 앞둔 자리
그 직전은 위대하고 아름답다

결승 테이프 앞에서 스퍼트를 하고
시 한 편의 퇴고를 위해 행간을 맴돌며
짝사랑의 곁을 허락받기 위해
밤의 근처를 헤매는 것이다

잠을 뒤척이다가
새벽이 오기 전 눈을 떴다
창문 가까이 배회하던 달빛
들켜버린 나는 근처에도 있을 수 없었다

바람 소리 흐릿해지고

달빛 선율이 어둠을 타고 건너온다
계절의 근처를 읽는 노래
한 계절이 다른 계절의 근처에서
숨을 놓는 소리

마음이 근처를 벗어난다
달라진 바람 색깔
나의 근처를 드디어 찾아왔다

물은 거꾸로 흐른다

뿌리에서 펌프질을 하여
우듬지 그 가녀린 끝까지
물을 길어 올리는 나무

한자리에서만 끄떡없이
맨발로 견디며
땅에서 하늘로 쏘아주는 물기둥

거꾸로 흐르는 물은
크기를 가리지 않는다
높은 구름을 바라보는
힘찬 물줄기가 솟기 때문이다

그 물이 들려주는 말
흔들리며 살아온 정수리를 찌른다
아직도 이마에 피가 마르지 않았을까
고개를 들고 살았어야 했다

한 그루 물의 나무가

우렁찬 햇빛과 함께
내일을 향해 뻗어간다

물의 기운을 받으며 살아가는 사람들
끝까지 오르면 눈물이 된다

바람의 염색

담장을 타고 오르는 줄장미에
투톤 염색을 했다
잎새들 사이로 포인트를 준 붉은빛

염색법을 터득한 바람은
느티나무 잎자루를 휘감아 녹빛으로 물들였다

때가 되면 은행나무를 채색하여 디자인을 바꿔주고
산에 있는 나무마다 시크릿 염색을 시도할 것이다

섬세하게 색을 발라가며
브릿지를 넣거나 뿌리염색을 하면서
마음에 드는 색깔을 입혀주는 염색사

산모퉁이를 돌아가는 하늘
방파제를 기웃거리다 밀려가는 파도
모두 파란빛으로 염색하여

외로운 사람들의 커튼으로 달아주었다

화학 염료를 사용하는 시대에
천연 재료만을 고집하는 염색의 장인

지금도 새로운 원료를 찾기 위해
산을 헤집고 다닌다

메아리

동그란 감옥에서 소리 없이 외치는 함성
파문이 점점 커진다
어지러운 바람을 따라가는 울음은
산빛에 젖어들고
영롱한 울림이 무지개 되어
잔물결로 내려앉는다
햇살이 솔가지에 걸려 눈부신데
저 나무 깊은 곳에 잠겨 있는
슬픔의 옹이 하나
감싸쥔 테두리들이 단단해진다
심장이 숨을 고르고
파랗게 저장하는 향기
용수철처럼 튀어 오르는 성질은
껍데기의 몫
결조차 없는 노을 속을 날아가며
회오리를 일으킨다
몽글몽글 솟아나는 눈물을 휘저으며
세상 밖으로 한 줄 한 줄 소멸하는 산모퉁이

스프링처럼 늘어나는 나이테는

말을 삭인 지 오래

입술마저 굳어간다

성대가 붓는 계절

폭염 끝에 강물의 성대가 잔뜩 부었다

천둥 번개가 산을 울렸고 장맛비는 범람하여 마을까지 밀려 들어왔다

밤새도록 강은 소리치며 들썩였고 금세 목이 충혈되어 부어올랐다

엉겅퀴꽃은 떠내려온 토사에 뒤덮였고 도라지도 꺾인 채로 쓰러져 있었다

달맞이꽃이 강둑의 허리에서 저녁을 밝히고 무논에서 개구리 울음이 달빛을 타던 마을

강물이 어깨를 맞대고 소곤거리면 나무도 풀도 편안히 잠들었다

마을 어귀 버드나무 옆에 사는 강 노인

터줏대감으로 매사 팔을 걷지만

온갖 일에 참견할 때마다 목소리가 커 곧잘 성대가 갈라지곤 한다

상처가 만든 응어리에 마을의 귀가 가려워진다

성대 결절이 왔는데도 줄어들지 않는 강물의 목에

푸른 피가 솟구친다

외발 의자

분리수거 포대자루 늘어선

아파트 한쪽

누군가 버리고 간 외발의자

기둥이 탄탄하고

등받이와 팔걸이도 멀쩡한데

가죽은 빛이 바래고 금속 몰딩도 해졌다

외발 의자는 다리가 하나뿐

발바닥을 나팔 모양으로 넓혀야

무게를 지탱할 수 있다

다리 하나로 살아가는 사내

커다란 튜브를 잘라 칭칭 감고

시장 바닥을 기어다닌다

낡은 카세트에서 흘러나오는 찬송가를

애처롭게 흥얼거리며

껌을 파는 외발 인생

종아리를 어루만지는

노을의 눈시울이 붉어진다

소파는 엉덩이를 먹지

세상 일 훌쩍 던져두고
나는 먹이처럼 앉아
들숨 날숨으로 쉰다

배부른 쿠션을 보면
홀로 기대고 싶어
나를 다독인다

따뜻한 피가 흐르는
짐승 품에 안기니
스르르 눈이 감긴다

먼 길을 힘들게 돌아왔다
아무 생각 없이 안주했던 삶
무심히 스쳤던 것들

다 사라지고 나면

나를 만날 수 있을까

식욕 왕성한 짐승이
나를 유혹해
엉덩이를 야금야금
빨아 먹는다

배설물이 빠져나간
아랫도리가 후련하다

쥐라기 호수

마법의 양탄자가
문을 연다

부산한 놀이공원, 구름 속을 빠져나온 킹바이킹, 관람객
이 버린 음식을 우적우적 씹어 먹는다 급류에서 내지르는
함성으로 귀가 먹먹하다 도시인들 앞에 청룡사우르스가 입
을 쩍 벌린 얼굴로 성큼성큼 다가온다 사람을 삼켰다가 영
혼만 쏙 빨아먹고 뱉어낸다 무뇌인간으로 세상을 살아가는
사람들, 티라노사우르스 DNA를 복제해 탄생한 공룡이 입
맛을 쩝쩝 다시며 자동차를 삼켰다 뱉는다 행성이 날아오고
물푸레나무는 깁스까지 했다 자이로드롭은 트위스트 낙하
를 한 뒤 새끼에게 먹이를 물어다 준다 어둠 속에 별빛 달빛
내려 허끗한 물비늘이 출렁이고 익룡의 날갯짓이 호면을 가
른다

언제 우리를 뛰쳐나갈지 모르는 녀석들
쥐라기의 밤이 깊어간다

지렁이

가다 서다 반복하는
캄캄한 땅속
산 언저리나 강가를 지날 때면
달콤한 바람 향
매끈한 살갗이 간지럽다
비 온 뒤엔 축축한 공기
물기 스민 흙집으로 돌아온다
기다란 몸을 덮어주는 아늑한 어둠
허약한 땅강아지 말벗이 되어주고
일개미의 부지런도 보면서
날마다 구불구불
환한 길 마른 길이 아닌
어둡고 습한 길로
기꺼이 방향을 트는 생

바람개비별

가시덤불 까만 숲으로 지나가는 바람을
아무도 막을 수 없다

갈참나무 잎사귀를 흔드는 바람
구절초를 스쳐가는 냄새

지상에 떨어진 별들은
숲의 가슴을 돌고 돈다
바람 따라 휘몰아치는 별빛이 되어
소용돌이 일으키는 바람개비를 돌린다

쉼 없이 내달리는 빛의 무리들
누구의 가슴에 뜨거운 피를 돌릴까
굽이치는 능선을 따라가다
들판에서 쉬어가도 좋으련만
주인 잃은 이름 하나둘 품에 안으며
끝도 없이 돌고 있다

손에 잡히지 않는 바람이

크고 작은 골짜기를 삼키며

쏟아지는 별 무리를 따라갔으나

언제나 제자리

새들은 깃털 없는 바람을 먹고 산다

매직 타임

신문지 사이에 기합을 넣으면
그대에게 가는 메시지가 있다
풍선이 보자기로 변했나
눈빛이 번져간다
단단한 바위 깨고 나오는 소리에
부드러운 새싹이 날 때까지
말랑한 시간이 필요하다
비탈진 계곡에서
날개 사이 깃털이 돋았는지
빨간 풍선이 노란 우산으로 변하고
비둘기가 날아올라
빨간 장미가 피어났지
두근대는 가슴에
주문이 퍼지는
변신술의 끝이다

테이크 아웃

거리에 둥둥 떠다니는 컵들
커피에서 포장 음식까지
테이크 아웃이 넘쳐난다
좌판에 과일을 놓고
가족도 없는 하루를 이어가며
심장을 테이크 아웃한 여자
양떼구름이 떠 있는 하늘에
새가 노래하고 함박꽃이 피는
초원을 테이크 아웃한다
고요가 감도는 밤을 지나
막다른 골목에 새벽이 가득 찰 때
죽음까지 테이크 아웃한다

바람의 손끝

머리채 흔들며 알 수 없는 글자를 쓰게 하고
빗물로 유리창 얼굴을 때리며 나무들을 숨죽이게 하였는데

오늘은 망사 치마 하늘거리며
꽃 이파리까지 하르르 흩날리게 한다

어울리지 못하는 것은 아무것도 없다
가로등 불빛과도 손을 잡고
나무가 자라며 꽃을 피울 때도 손길을 준다

잔잔한 물결에 파문을 그려 산 그림자 떨게 하는 나무

구름도 여행하고 싶을 땐
부드러운 손짓을 기대하며 떠날 준비를 한다

그대를 배려하는 마음이 새털구름처럼 흐르는 날

샐비어 끝에 앉아 조는 잠자리
산바람 강바람 한 줄기 맛을 본다

눈보라 속에 찍힌 발자국을 슬며시 쓸고 가는 소리도 들
려주고
파도가 꽃피는 밤바다의 절정도 보여주는

바람의 손끝은 부드러우면서도 날카롭다

아날로지의 세계와 바람의 힘

이성혁

오새미 시인에게 자연은 인간과 같은 존재다. 그의 시에서 자연의 행위는 인간의 행위에 유추된다. 특히 자연의 변화는 인간의 창조 행위와 같다. 시집 첫머리에 실린 「비의 서체」는 이를 잘 보여준다. 먹구름은 누군가 먹을 간 벼루요, 내리는 비는 먹물이다. "초록 새순들이" 그 "빗물을 찍어" "들판에 글씨를 써내려"가기 시작한다. 소나기가 내릴 때엔 이렇듯 자연의 만물이 협동하여 한 편의 서예 작품을 이루어내는 것이다. 그러니 자연은 예술가이다. 자연이 한 사람의 몸이라면 구름은 심장의 역할을 담당한다. 이 창작 작업에서 "구름의 감정이 관건"이라는 것을 보면 말이다. 이 구름의 감정에 작품의 "선과 모양과 짜임새"가 성공할 수 있을지 여부가 달려 있다. 이 빗줄기로 이루어지는 자연의 예술이 가지는 특징은 모든 곳이 화선지가 된다는 것이다. 자연은 "처마 안쪽에도", "우산을 받고 가는 사람들의 옷자락에도" 수묵화를 그린다. 또한 예술품을 대하면서 우리 사람들이 기쁨을 느낄 때처럼, "소나기로 한바탕 흘려 쓴 초서체는/풀들을 춤추게" 한다.

이렇듯 오새미 시인의 상상 세계에서 자연은 "곱고 운치 있"는 서체로 예술작품을 창조하는 존재이자 그 자체가 또한 예술작품이다. 그뿐인가? 자연은 허공에 구름의 집을 짓는 건축가이기도 하다. 이 자연이 만들어낸 건축 세계에 대해 시인은 다음과 같이 쓰고 있다.

황금연휴에 찾아가는 리조트
고급스런 구름 인테리어 디스플레이

부드러운 곡선을 추구하는 구름은
바람의 붓을 사용한다
자투리에 세면대 하나 더 설치하여
조화를 도모하는 실리

구름 건축술의 백미는
높이를 다투는 창공 친화적인 관점
노을이 물드는 리조트를 끼고 흐르는
하늘 폭포 주위로
물안개가 주홍색 엽서를 띄운다

꽃들이 아는 체하고
물이 마르지 않는 산책로엔
그치지 않는 새들의 노래

밤이면 달빛 사이로
잔잔한 잎사귀들 사운댄다

내일의 얼굴이 그려지지 않는
회색빛 도시를 떠나
산과 강이 자리 잡은 리조트에
무거운 물방울을 내려놓는다

—「구름 리조트」 전문

　오새미 시인은 황금연휴에 찾아간 리조트에서 하늘을 바라다
보다가 "고급스런 구름 인테리어 디스플레이"를 발견한다. 그것
은 "바람의 붓"으로 "부드러운 곡선"을 그려내며 인테리어를 묘
사한 디스플레이다. 이 자연이 형성하는 건축은 도시의 건축물
과 다른 면이 있다. 도시는 회색빛 건물만 덩그러니 세워져 있
지 "내일의 얼굴이 그려지지 않는"다. 반면 "노을이 물드는 리조
트" 상공의 구름은 "창공 친화적인 관점"으로 건축을 이루어낸
다. 자연이 만들어내는 조화로우며 실리적이고 부드러우며 다
채로운 건축의 세계. 이 하늘에 형성된 건축 세계 아래에서 만
물은 아날로지(analogy)의 세계를 이룬다. 물안개가 편지를 보내
고 꽃들이 인사하며 새들은 노래를 그치지 않는, 밤에는 "잠잠
한 잎사귀들 사운"대는 상호 감응의 아날로지. 자연이 제공하는
이러한 조화롭고 평화로운 세계야말로 시인이 꿈꾸는 시의 세
계라고 할 것이다. 서양에서 시의 어원은 포이에시스(poiesis)다.
시란 건축과 같은 제작술에 의해 만들어지는 것, 저 '구름 건축
술(art of architecture)'에 의해 만들어지는 자연의 아름다운 아날로지

세계는 바로 시 자체라고 말할 수 있다.

만물이 조응하는 아날로지의 세계는 사랑의 세계다. 조응하기 위해서는 서로를 사랑하는 마음이 있어야 한다. 「잎사귀와 잎사귀가 사귀는 시간」은 이에 대해 얘기한다. 이 시에서 시인은 "은행나무 열매가 다닥다닥 달"리는 것은 "암수 눈빛을 서로 교환하며 잎사귀와 잎사귀가 사귄 덕분"이라고 말한다. 인간이 자연의 아날로지처럼 조응하는 때는 "이웃집 청년이 나무 그늘에서 아가씨 손을 붙잡고 입을 맞"출 때와 같이 서로 사랑할 때다. 하여 '자연-예술-시'처럼 아름답게 살아가기 위해서는 "옆을 바라보며 걸어"갈 수 있어야 한다. 옆에 있는 서로를 서로 배려하는 삶, "환하게 웃음 짓는 보름달"이 "실핏줄로 남아 있는 담쟁이와 연민의 정을 나누"는 삶. 죽은 고양이 새끼를 한없이 어루만져주고 있는 마당과 같은 삶. 인간 세계도 이렇게 서로에 대한 연민과 어루만짐의 사랑이 살아 있을 때 시적으로 존재할 수 있을 것이다.

오새미 시인은 인간 세계가 시적으로 존재하기 위해서는 저 사랑으로 충만한 자연의 아날로지로부터 힘을 얻고 배워야 한다고 생각한다. 인간 세계는 고단하다. 노동하고 싸우며 살아야 한다. 하지만 시인에 의하면, 우리는 "햇빛이 놓아준 징검다리 자리마다/새싹은 움트고 뿌리는 단단하다"(「가슴엔 징검다리」)는 것을 인식할 수 있다. 이러한 인식을 바탕으로, "천둥 번개 요란해도 묵묵히 건너가"는 징검다리의 "한 줄로 놓여 있는 바윗돌"(같은 시)처럼, 우리는 굳건하게 단추를 열고 채우면서 하루하루 살아나갈 수 있게 될 것이다. 나아가 시인의 상상 세계에서 이 바윗돌은 아래와 같이 비상할 수 있는 날개를 얻게 되기도 한다.

> 날개가 없는 바위는
> 멀리 산등성이를 기웃거린다
> 복사꽃 핀 야트막한 언덕에서
> 지평선을 기어가는 노을에 마음을 빼앗겼고
> 수직으로 하강하는 한 줄기 햇살에도 설레었다
> 꽃잎들의 함성을 듣지 못했고
> 소나기에 젖은 들판을 뛰어보지 못했으나
> 무논에 뜬 달을 무심히 바라보며
> 대숲의 바람 소리를 그리워했다
> 먼 하늘 배회하는
> 한 무더기 구름을 따라 떠돌기도 했다
> 소중한 것은 곁에 있는 법
> 풀잎들이 소곤거리며 뱉어낸 씨앗들
> 바람에 떨어졌다 다시 살아나
> 어여쁜 눈물을 나눌 때
> 제자리를 받아들이는 바위
> 숨겨놓은 울음은 날개가 된다
> ─「울음은 날개가 된다」 전문

알다시피 바위는 한 자리에 붙박여 있을 뿐, 비상할 수 있는 날개가 없다. 하지만 자유로이 비상하여 날아다니고 싶은 열망은 가지고 있다. 바위를 둘러싸고 있는 세계가 너무도 아름다웠기 때문이다. 복사꽃 널린 언덕에 펼쳐지는 노을이나 한 줄기 햇살에 바위는 황홀해했다. 바위는 이 세상을 다 경험하고 싶었다. 그래서 자유로이 날아다니는 바람 소리가 그리웠으며 하늘을 배회하는 구름에 마음을 싣기도 했다. 그러나 이러한 열망이 바위에게 날개를 제공하지는 않았다. 바위에게 날개를 제공해 준 것은, 바위처럼 땅에 붙박여 있어야 하는 풀잎들이다. "풀잎들이 소곤거리며 뱉어낸 씨앗들"이 바람을 타고 눈물이 되어 바위에게 떨어질 때, 그리하여 풀잎들과 눈물을 나눈 바위가 "제자리를 받아들"일 수 있게 되었을 때 "숨겨놓은 울음은 날개가" 되는 것이다. "날개"가 비상할 수 있는 능력을 준다고 할 때, 그것은 상상력의 힘 또는 시의 힘이라고 할 수 있을 것이다.

오새미 시인에게 '눈물'은 우리에게 시의 힘을 불어넣어준다. 그래서 "가파른 비탈길이 숨차"면 "별빛 비치는 언덕을 뒤돌아보며" "푸른 날개를 달아야 한다"(「밤의 온도는 측정 불가」)는 시인의 말은 힘들면 힘들수록 삶에 시의 힘을 불어넣어주어야 한다는 의미라고 할 수 있다. 그래서 눈물로 표현되는 고통과 슬픔은, 오새미 시인에게 배척되는 무엇이 아니라 날개로 변모할 소중한 무엇이다. "겨울이 끝나갈 즈음/내 안에서 만져지는 가시/물렁하고 따뜻하다"(「따뜻한 가시」)고 시인이 말하는 것은 그 때문이리라. 시인 안에서 자라난 가시는 "겨우내 헐벗"(같은 시)음의 고통에 따라 자라난 것이다. 겨울이 지나면서 그 가시는 다른 것으로 변모하기 위해 물렁해지고 따뜻해진다. 또한 시인은 자신의 고통만이 아니라 타인의 고통에도 깊고 따뜻한 눈길을 보낸다. 시인의 가족에 대한 기억을 담은 시들이 많이 실려 있는 3부의 시편들에서, 우리는 가족과 여타 사람들의 삶에 다가가고 있는 따스한 햇살과 같은 시인의 시선을 만날 수 있다.

오새미 시인이 조명하는 사람들은 주로 힘든 삶을 살아가는 사람들이다. 가령 「외발 의자」에서는 "다리 하나로 살아가"면서 "낡은 카세트"로 찬송가를 틀어놓고 "시장 바닥을 기어다"니는 사내를 조명한다. 시인의 시선은 "눈시울이 붉어"지고 있는 "노을"이 되어 그 사내의 "종아리를 어루만"진다. 「느티나무 학교」에서는 "병든 할머니를 모시고 살아가는/소녀가장 은희"에 포커스를 맞춘다. 그렇다고 시인이 이들로부터 고통과 슬픔만을 읽어내는 것은 아니다. 이 시에서 시인이 "소녀가장 은희"로부터 씩씩하고 밝은 모습을 포착하고 있듯이, 그는 아픈 이들로부터 어떤 희망의 힘이 형성되는 모습 역시 읽어내고자 한다. 아래의 시를 읽어보자.

주말이면 낚시터에서 살던 낚시광
병으로 입원한 아내를 혼자 둔 채
밤낚시로 하룻밤을 지새우고 돌아온 날
그녀는 먼 길을 떠났다
그 후 몇십 년을 접은 낚시
손주를 얻은 남자는
별이라도 따다 주고 싶었다
난산한 며느리에게 고아줄 잉어를 떠올리며
처박아둔 장비를 챙겼다
폭우가 지나간 저수지, 허벅지만 한 잉어 입질에
찌가 흔들리는 순간
생의 월척을 낚은 그 짜릿한 눈물
회한과 함께 끓인 잉어탕

며느리는 정성을 먹고 몸을 추슬렀다
아내를 하늘로 보낸 환부
통증이 오래 지속되었던 날들
손주의 꼬물거리는 손가락을 맞잡은 화해는
먹구름 뒤 찬란한 햇살이 되었다
비로소 내려놓은 무거운 짐
마법에서 풀린 남자
파닥거리는 물고기 한 마리
가슴속을 빠져나와 하늘로 헤엄쳐 간다

　　　　　　　　　　—「마법에서 풀리다」 전문

　아마 시인이 들은 사실을 시화(詩化)한 것으로 보이는 위의 시
는, 가슴 아프면서도 아름다운 드라마를 압축한 '이야기 시'다.
밤낚시 중에 아내를 떠나보낸 남자는 그 후 낚시를 접는다. 그
는 낚시를 매우 좋아하는 사람이었겠지만 낚시 때문에 아내의
임종을 보지 못했다는 죄책감이 더욱 컸을 것이다. 하지만 아내
의 죽음 이후 몇십 년이 지나, 며느리가 난산 끝에 손주를 낳자,
그는 "별이라도 따다 주고 싶"은 마음으로 "며느리에게 고아줄
잉어를" 잡기 위해 몇십 년 만에 다시 낚시를 시작한다. 결국 "허
벅지만 한 잉어를 잡"아 며느리에게 "회한과 함께 끓인 잉어탕"
을 대접하는데, 이 잉어탕에는 "아내를 하늘로 보낸 환부/통증
이 지속되었던 날들"이 들어 있을 테다. 그리고 그는 마치 홀로
저세상에 가야 했던 '아내'가 손주로 환생한 것처럼, "손주의 꼬
물거리는 손가락을 맞잡"으면서 죄스러운 과거와 화해할 수 있
게 된다. 남자는 이로써 자신을 짓눌러왔던 "무거운 짐"으로부

127

터 마법이 풀린 것처럼 해방되는 것이다.

이 마음의 해방을 오새미 시인은 파닥거리다 "가슴속을 빠져나와 하늘로 헤엄쳐" 가는 물고기라는 상징적 이미지로 표현하고 있다. 이 물고기는 남자가 잡아 며느리에게 고아준 월척 잉어와 겹치는 이미지인데, 며느리에 대한 고마움과 사랑의 표시이기도 한 이 잉어는 "찬란한 햇살"과 같은 과거와의 화해를 의미하기도 한다. 이 화해의 잉어가 마음속에 박혀 있던 회한과 통증의 물고기를 하늘로 헤엄칠 수 있도록 해방시켜준 것인데, 그 해방된 물고기는 남자의 날개가 되어 그의 삶을 상승시켜줄 것이다. 다시 말하면, 방금 탄생한 손주와의 만남을 통해 남자의 마음은 해방되어 하늘로 비상하고 시적인 힘으로 충전되기 시작할 수 있다. 또한 이 하늘로 헤엄쳐 오르는 마음의 물고기는 남자의 삶이 이젠 길을 잃지 않도록 인도하기도 할 것이다. "물고기는 지도가 없어도 길을 잃지 않"기 때문이다.

> 깊은 바다에서 살아가는 물고기
> 지도가 없이도 잘 헤엄친다
>
> 연어는 저 머나먼
> 알래스카 푸른 바다에서
> 작은 강 남대천으로 떼 지어 올라와
> 새끼들을 낳는다
>
> 태평양에서 태어난
> 새끼 장어도 어미가 그리워

주진천을 찾아간다

물의 숨결을 따라
거센 물살과 파도를 헤치며
가파르게 올라가는
험난한 여정

물고기는 지도가 없어도
길을 잃지 않는다

—「물고기는 지도가 없다」 전문

저 알래스카에서 한국의 작은 강에까지 헤엄쳐 오는 연어는 지도 없이 거센 파도와 물결을 거슬러 올라가는 힘과 지혜를 보여준다. 남자의 마음에서 해방되어 하늘을 향해 헤엄치는 물고기는 바로 이 연어의 힘과 지혜를 가졌다. 남자 내면에 있던 물고기의 해방이란 이러한 시적인 힘과 지혜의 해방이며, 그렇게 해방된 물고기가 인도하는 그의 삶은 연어처럼 험난한 여정을 이겨낼 수 있을 것이며, 그리하여 그는 더 이상 길을 잃지 않을 것이다.

하늘을 향해 헤엄치는 물고기의 이미지는 「물은 거꾸로 흐른다」에서 "뿌리에서 펌프질을 하여" "물을 길어 올리는 나무"의 이미지로 변형된다. 나무는 겉으로 보면 그대로 서 있는 것 같지만, 보이지 않는 나무의 내면에서는 "힘찬 물줄기가" "높은 구름을 바라보"며 솟아오르고 있다. 나무 내면의 물이 하늘을 향해 솟아오르기 때문에, 나무는 "고개를 들고 살았어야 했"고 "내일을 향해 뻗어"갈 수 있다. 아날로지의 상상력으로, 시인은 저 나무처럼 살아가는 사람들을 생각한다. 묵묵하게 살아가지만 고개 숙이지 않고 내일을 향해 살아가는 나무와 같은 사람들. 그들은 "물의 기운을 받으며 살아가는 사람들"로, 그들의 내면에는 물이 솟아오르고 있는 것이다. 시인에 따르면, 내면의 물이 끝까지 올라와 몸 밖으로 흘러나온 것이 눈물이다. 이 눈물이 나무의 날개가 되어 「마법에서 풀리다」에 등장하는 물고기처럼 하늘을 향해 뻗어나갈 수 있게 해줄 것이다.

「추녀 끝에서 헤엄치다」에 등장하는 목어는, 하늘을 향해 "거꾸로 흐르는 물"을 내면에 품은 나무와 하늘로 헤엄치며 나아가는 물고기가 결합된 이미지다. "허공에서 파닥거리는 생존법"으로 "불어오는 음습한 바람에/힘껏 꼬리 치며 헤엄"치며 살아가는 이 목어는 "댕그렁 댕그렁" 소리를 내면서 자신의 유영하는 삶을 표현한다. 이 목어가 허공에서 헤엄쳐갈 수 있도록 힘을 불어넣어주는 것이 바람이겠는데, 오새미 시인에게 바람은 다음과 같은 존재다.

가시덤불 까만 숲으로 지나가는 바람을
아무도 막을 수 없다

갈참나무 잎사귀를 흔드는 바람
구절초를 스쳐가는 냄새

지상에 떨어진 별들은
숲의 가슴을 돌고 돈다

바람 따라 휘몰아치는 별빛이 되어
소용돌이 일으키는 바람개비를 돌린다

쉼 없이 내달리는 빛의 무리들
누구의 가슴에 뜨거운 피를 돌릴까
굽이치는 능선을 따라가다
들판에서 쉬어가도 좋으련만
주인 잃은 이름 하나둘 품에 안으며
끝도 없이 돌고 있다

손에 잡히지 않는 바람이
크고 작은 골짜기를 삼키며
쏟아지는 별 무리를 따라갔으나
언제나 제자리

새들은 깃털 없는 바람을 먹고 산다
— 「바람개비별」 전문

위의 시에 따르면, 새들을 키우는 것은 "깃털 없는 바람"이다. 새들은 바람의 힘으로 날아간다. 바람의 힘은 어디서 나왔는가? 그것은 별빛을 좇는 욕망으로부터 나왔으리라. 욕망은 삶의 자발적인 힘을 생성시키는 것, "쏟아지는 별 무리를 따라"가고자 바람은 "크고 작은 골짜기를 삼키며" "아무도 막을 수 없"는 기세로 까만 숲속으로 들어가는 것이다. 지상으로 "쉼 없이 내달리"면서 떨어지는 별빛은 그렇게 거센 바람과 뒤섞이며 "소용돌이 일으키는 바람개비를 돌"리는 "휘몰아치는 별빛"이 된다. "바람개비"란 무엇을 의미할까? 저 별빛과 바람이 어우러지면서 펼쳐진 황홀한 풍경을 대면하고 있는 시인의 마음일 수 있겠다. '바람-별빛'에 의해 마음속 바람개비가 힘차게 돌아가면서 마음에 소용돌이가 일어난다는 것. 아니면 고흐의 그림처럼 풍경 자체가 소용돌이치고 있다고 말할 수도 있다. 별빛과 바람의 뒤엉킴이 숲의 바람개비를 돌리면서 소용돌이를 저 숲에 일어나게 한다고 말이다. 그 소용돌이는 예술가의 눈에만 보이겠지만. 그렇다고 하더라도 시인의 아날로지 상상력에 따르면, 저 숲의 소용돌이 역시 시인의 마음에 소용돌이를 불러일으킬 테다.

별빛과 뒤섞이면서 이 세계에, 그리고 시인의 마음에 소용돌이를 일으키는 바람의 힘, 그 힘이 새를 비상할 수 있도록 만든다. 앞에서 본 바에 따르면, 오새미 시인에게 새의 비상이란 상상력의 활동, 시인에 한정해서 말하자면 시작(詩作)을 의미한다. 시 쓰기를 가능하게 만드는 추상적인 힘이 바로 바람인 것, 바람에 의해 상상력의 비상은 이루어지고 시는 써진다. 다시 말해 이 바람의 힘을 체화하고 바람에 따라 글을 쓸 때 시작이 이루어진다고 하겠다. 아래와 같이 말이다.

머리채 흔들며 알 수 없는 글자를 쓰게 하고
빗물로 유리창 얼굴을 때리며 나무들을 숨죽이게 하였
는데

오늘은 망사 치마 하늘거리며
꽃 이파리까지 하르르 흩날리게 한다

어울리지 못하는 것은 아무것도 없다
가로등 불빛과도 손을 잡고
나무가 자라며 꽃을 피울 때도 손길을 준다

잔잔한 물결에 파문을 그려 산 그림자 떨게 하는 나무

구름도 여행하고 싶을 땐
부드러운 손짓을 기대하며 떠날 준비를 한다

그대를 배려하는 마음이 새털구름처럼 흐르는 날

샐비어 끝에 앉아 조는 잠자리
산바람 강바람 한 줄기 맛을 본다

눈보라 속에 찍힌 발자국을 슬며시 쓸고 가는 소리도 들
려주고
파도가 꽃피는 밤바다의 절정도 보여주는

바람의 손끝은 부드러우면서도 날카롭다
　　　　　　　　　　　　　　 ―「바람의 손끝」 전문

　우리는 다시 예술가로서의 자연에 도달했다. 이 글의 서두에
서 「비의 서체」를 살펴보면서, 빗줄기로 이루어지는 자연의 '예
술−시'에 대해 언급한 바 있다. 위의 시에서는 "바람의 손끝"으
로 이루어지는 '예술−시'와 만날 수 있다. 그런데 바람은 빗줄
기와는 다른 방식으로 창작을 해나간다. 먹물의 역할을 했던 빗
줄기는 예술작품의 주체이자 객체였다. 빗줄기는 서예작품을

써내려가는 동시에 자신이 직접 작품 자체가 되었던 것이다. 하지만 보이지 않는 바람은 빗줄기처럼 자신이 작품으로서 나타나지는 못한다. 다만 자연물들의 "머리채 흔들며 알 수 없는 글자를 쓰게 하"는 것이다. 바람은 "꽃 이파리까지 하르르 흩날리게" 하여 허공에 시를 남긴다. 이렇듯 바람의 힘은 자연물을 움직여서 자연물이 시를 쓰게 만드는 것인데, 그 시작(詩作)은 강제로 이루어지는 것이 아니라 이곳저곳 다니는 바람이 만물과 어울리면서 이루어진다. 바람이 피어나는 꽃에 손길을 주고 "가로등 불빛과도 손을 잡"으면서 이루어지는 시작.

바람이 "어울리지 못하는 것은 아무것도 없"는 것이다. 바람은 세계의 모든 것과 어울리면서 세계의 만물을 조응시켜 아날로지의 세계를 형성한다. 만물이 시를 쓰게 하는 바람의 힘은 "그대를 파악하고 배려하는 마음"으로부터 이루어지는 사랑의 힘이다. 이 힘을 빌려 구름은 여행을 하고 밤바다는 파도를 꽃피우면서 절정을 보여준다. 바람의 힘은 정겨운 것, "샐비어 끝에 앉아 조는 잠자리"도 한 줄기 바람에 "매력적인 순간을 맛"보는 것을 보면 말이다. 미물에게도 즐거운 시간을 주는 바람의 손길, 그 부드러운 사랑의 손길은 만물이 시를 쓰게 만드는 시적인 순간을 가져오며, 그리하여 세계는 더 아름다워지고 사랑으로 충만하게 된다. 시인이 "바람의 손끝은 부드러우면서도 날카롭다"고 시의 마지막 행에서 말할 때의 그 '날카로움'은 섬세함으로 바꾸어 말할 수 있을 것이다. "눈보라 속에 찍힌 발자국을 슬며시 쓸고" 갈 정도로 만물의 미세한 구석구석까지 살펴보고 쓰다듬는 섬세함 말이다.

오새미 시인은 오감을 열어 이 사랑의 시적인 세계를 부드럽게 만들어내는 "바람의 손끝"을 받아들이고자 할 것이다. 나아가 바람의 손길이 이끄는 대로 인간의 문자를 써서 시작을 이루어내고자 할 것이다. 그렇게 바람의 손길을 인간의 문자로 받아쓰며 이루어진 시가 바로 위의 시 아니겠는가. 나무와 꽃과 그림자와 구름과 잠자리, 그리고 눈보라 속 발자국과 밤바다, 이 모든 것들이 바람의 손끝에 따라 연결되며 서로 어울리는 아날로지의 세계. 위의 시의 아날로지 세계는 시인을 부드럽게 쓰다듬고 있는 바람의 힘에 그가 순응하면서 이루어진 것, 그래서인가. 곧 출간될 이 시집에 귀를 대면 바람 소리가 들려오리라는 상상을 하게 된 것은. 오새미 시인은 바람이 형성하는 시를 인간 세계에 옮겨오는 사랑의 대행자라는 생각이 든 것도.

李城赫 | 문학평론가

푸른사상 시선 115

가로수의 수학 시간